# Sous les draps du lac

ISBN 2-913904-09-2

Jean-Pierre Rochat

# Sous les draps du lac

La Chambre d'échos

# *Félicité*

Il sait qu'il est très bête, mais sa bêtise ne l'empêche pas de réfléchir. Pourquoi suis-je si bête, se demande-t-il, j'ai plein de choses dans la tête et je n'arrive pas à les mettre en ordre, plein de trucs inutiles, comme ce lac par exemple, rempli d'eau, avec des vaguelettes et des poules d'eau, des grèbes, aussi, des grèbes, ce sont des oiseaux aquatiques, où je voulais en venir ? Oui, pourquoi si obtus ? Quelqu'un me parle, je n'arrive pas à lui répondre, la serveuse me parle avec un sourire, j'arrive juste à payer sans rien dire. Les sentiments me serrent de trop près. Elle me montre ses bras, elle dit c'est le printemps ne voulez-vous pas venir le fêter dans mon lit gratis, voilà où me mène l'écriture dès que je lui laisse la bride sur le cou.

Déjà, on est dans sa petite chambre, sous le toit. Je me disais, mélancolique pâturage. La chevelure rousse ou bai foncé. Belle des bois, je lui dis, je sais pas pourquoi.

Il sait rien de lui, il se découvre en même temps qu'elle. Il dit. Toujours la serveuse. C'est la plus simple, et dans le village, il y a rien d'autre. Non que ce soit un village nu, non il y a des fleurs ici et là. Dans le jardin du pasteur. Aussi.

Il dessine le pasteur, avec un toupet de cheveux gris, comme sa chèvre, comme ma chèvre, il écrit, cette charogne de chèvre qui vient pétoler partout ! Il aimerait devenir écrivain, déjà paysan c'est difficile pour lui, alors tout le monde lui déconseille, tu comprends : déjà là t'as de la peine ! Pourquoi me parlent-ils si lentement ?

La serveuse est encore plus bête que lui, elle croit en lui, la nuit, elle couche avec lui, une si jolie fille. Il se consacre à elle. Il fait boucherie, il consacre son veau gras à lui payer des fanfreluches. Travaille la nuit, le jour t'es trop fatigué. Le jour je réfléchis. Des fois il bave un peu, il se reprend, la serveuse voit rien, elle parle fort. Militaires, politiques, il arrive pas à penser avec eux. Il sort de chez lui, il voit cette nuée de corneilles, il dit halte, on tire pas sur l'âme des politiciens au milieu des champs, fusil, porte-drapeau. Souliers militaires. La serveuse est amoureuse. Coiffer une femme amoureuse. Il la veut dans son chalet. Mais elle : je continue de travailler. Dans sa bêtise il hait encore plus les types qui rôdent autour de la serveuse, comme un étalon vicelard il les mordrait bien dans le dos, ou les percerait avec un tison chauffé à blanc. Elle s'excite avec ça, avec la jalousie qu'elle fait naître. Naquirent de son cul, natifs de son cul beaucoup de fantasmes, le samedi soir dans l'unique auberge du village.

Il est con. Il s'est battu pour moi.

Le dimanche matin la serveuse s'épile dans son bain, elle entend l'autre imbécile, heureux, il dit quand même être heureux quand il la voit. Elle dit de sa baignoire : je suis fière de toi ! Il pense : elle est encore plus conne que je croyais ; il dit merci, il est fier d'être ferré, par elle, féru d'elle.

Elle se levait dans sa baignoire, il ne pouvait pas louper ça, le lever de la princesse, il est arrivé, avec son nouveau nez plat, son portrait arrangé, et moche avec ça, elle a pensé, moche, bête et moche à la fois.

Elle se demandait pourquoi c'était si bon de se laisser prendre par cette brute épaisse, cette énergie de pure vie, comme un fleuve qui la traversait et la faisait crier, crier, gueuler de libertés ouvertes partout, portes et fenêtres et même le toit décollait son plaisir explosait, elle s'accrochait à ses couilles, fermes, fermes les petites couilles dures, et se laissait aller sur le toboggan de la félicité.

# *Mon amour est maraîchère*

Elle a les hanches douloureuses de la terre. Imaginez comment une maraîchère fait l'amour, je vais rien dire parce qu'elle est très pudique et qu'elle aimerait pas que je divulgue. Une femme qui peut tenir un cultivateur à moteur pendant trois heures au bout des bras dans les secouées des sillons cahoteux a le souffle si ravageur quand elle démarre, quand nous versons dans le corps à corps, que nous sortons moulus en fine terre docile. Elle est si douce comme avec des petites graines qu'elle sort d'une poche de son jean moulant. Par devant j'aime deviner sa fente, là où je suis maître jardineur, je dis : madame, du bout du doigt, elle dit : monsieur, en clignant, monsieur, savez-vous que nous avons autre chose à faire ? Ce n'est jamais le moment, il faut insister, insister, d'un coup elle s'ouvre comme une fleur, ouvre son appétit tout grand, je dis halte ! qu'est-ce que l'amour physique ? Embarquons aussi nos esprits ! Où sont-ils ? Flous les esprits, ils s'étaient assis sur un banc public à deux pas de là, nous les conviâmes poliment à venir nous rejoindre, son esprit à elle et le mien, les esprits et les âmes, deux couples, une soirée entre amis. Non-non, elle voulait là, tout de suite, au milieu des plantons ! Et si on nous voyait ? Nous serions qu'un couple faisant l'amour debout entre les raies de salades. Ma très chère maraîchère. Son corps glisse entre mes doigts. Je voulais lui dire des trucs magnifiques que je me disais et qui éclataient maintenant sans rien dedans, si, elle, elle souriait, madame est apaisée, madame est sereine, madame est comme toujours après l'amour, plus amoureuse que jamais.

## *Black out*

Je suis retourné le voir après vingt-cinq ans. Je suis retourné là-haut, à pied, j'ai relu notre histoire à l'envers, à l'envers cette histoire d'anciens combattants, plus d'un quart de siècle, personne donnait cher de notre peau et nous sommes encore là ! Lui là-haut, je me demande la gueule qu'il a maintenant, il est resté où je l'avais laissé, j'ai eu quelques nouvelles, des gens qui étaient passés chez lui, il devenait de plus en plus zen, d'après les nouvelles, souvent de troisième ou quatrième main et il y a longtemps que je n'ai plus rien entendu.

Tu marches, c'est raide, tu dois t'arrêter souvent, il y a des crottes de mulet, elles sont archi-sèches, comme des cailloux, autrefois on se bombardait avec. Lui est resté, complètement en arrière, complètement oublié, la mode nature passée. Ce putain de chemin est trop long, fallait vraiment être poète pour s'émerveiller.

Finalement je suis arrivé en haut. Même la maison a vieilli, elle s'est tassée, plus petite, plus grise, peut-être ce sont les arbres autour qui ont pris de l'ampleur. Il n'y a plus de chien, ou un chien sourd et aveugle ; je frappe à la porte, pas de réponse et j'entre, pas de réponse et pourtant il est là, il est là ce con, assis à sa table de cuisine, je lui tends la main, il se lève, il me tend la main, me tape sur l'épaule, il est plus petit que moi, autrefois il était plutôt plus grand, c'est comme la maison un phénomène de tassement encore un quart de siècle et c'est à ras le sol qu'il faudra les chercher ; je divague, il me frappe sur l'épaule. Je dis : salut vieille branche et comment tu vas après tout ce temps ? Pas de réponse, aucun son sort de sa bouche, c'est l'émotion ou quoi, je le savais pas si émotif, il me fait signe de m'asseoir, ses problèmes de dos ne se sont pas arrangés à voir, il a mille peines à atteindre deux verres sales qu'il prend sans les laver et une bouteille de quoi ? C'est comme du sirop, d'abord, sur la langue, santé — santé, mais il dit rien, pour « santé » il hoche la tête, c'est doux en premier et puis c'est affreusement amer, c'est quoi cette... ce truc ? Il montre l'étiquette : alcool de myrtilles ! ! Mais pourquoi tu parles pas ? T'es muet ou quoi ? Il fait non de la tête, il sort une carte toute froissée de sa poche, je déplie le chiffon, c'est marqué : je fais vœu de silence jusqu'à ma mort. Ho ! hé ! Arrête tes conneries ! c'est la caméra invisible ? les herbes médicinales ? t'es devenu complètement con ou quoi ? taré ! nase ! Il sort un autre papier moins froissé, c'est marqué : tu devrais aussi fermer ta gueule...

## *Visiter le pays à pied*

À pied, visiter le pays à pied, personne a le temps ici, de mettre l'herbe, la terre, les cailloux en valeur, chacun devant, derrière sa petite machine. Le goût de la terre, le goût de la sueur. On a quitté le train depuis longtemps. Sommes dans un nouveau printemps. La rencontre avec la mort. On s'attendait pas, tout guilleret, tout chantant tout pétillant, l'ode à la vie, la montée de sève du printemps, l'arrivée des mouches, la nuit elles se tapissent contre le froid et le jour elles sont déjà là, agressives. La mort, on éviterait si on savait, on aurait pu faire un large détour, ce cadavre de merde, mais c'est manquer de respect, non, le cadavre n'est plus la personne, déjà cassée la personne… hé ! elle bouge ! Non, elle est déjà toute bleue, bleu. Souffrances et douleurs tout est parti, on a mis un point final, nous on n'est pas partis, la difficulté c'est rester sans bouger, la personne sise au sol, sa place est déjà ailleurs, une âme batifole, on l'entend, parmi les insectes, les oiseaux siffleurs-chanteurs, les animaux en vie, ce renouvellement constant, et ce cadavre plut à Dieu, si tu étais un miracle ici c'est loupé !

Ici il y a deux morts, deux en fait, la mère, là, et celui qu'a pas pu sortir, celui qu'a crevé dedans pendant qu'elle crevait de douleur et qu'est-ce qu'elle fichait là ? On peut pas s'imaginer, si on essaie c'est trop douloureux, trop dur, après on croit en plus rien, on aime mieux dire les miracles de la technique heureusement nous mettent à l'abri, on croyait ; qu'est-ce qu'elle fichait là ? Indécent, indécente la description, quant à l'odeur, mais c'est rien, le parfum du massacre. La mort qui devait être la vie. Et le père celui qui devrait être là, les versions divergent en légions, c'est juste le cadavre d'une femme morte en couches, au milieu du sentier, là, robe ou jupe remontée, on est pas dur, on compatit par frissons d'être entier, la scène n'a même pas de morale, pas de conclusion, juste le don de vous foutre le bourdon.

## *L'ennui*

Un jour d'été de sécheresse, où la terre retourne à la poussière, le moindre souffle de vent la soulève la fait fumer et la route est nuageuse sous les pneus. Un jour d'ennui mortel où on regardait les trois ou quatre voitures quotidiennes passer, une année entre chacune d'elles. L'ennui mortel se cultive et s'apprécie, se déguste à l'abri du stress, l'ennui mortel est un stress retenu, c'est la résistance contre tout ce qu'il y a à faire. Ne pas bouger, notre dernière liberté, il faisait si chaud, même les insectes tournaient au ralenti. Un jour où on attendait plus d'action depuis longtemps. Où on se prenait vraiment pour des poètes du mouvement, à la rivière et retour, aller et retour, la rivière est à sec, on peut remonter le lit. On voit la poussière, comme dans la chanson : que vois-tu venir ? On espère tellement, tellement gonflés d'espoir. Un message, un signe, y roulent, ils vont trop vite, ils ralentissent même pas, ils nous regardent, et nous travaillons, travaillons déjà leurs pensées : deux épouvantails dans la poussière.

# *Ma bonne santé !*

Aujourd'hui la ferme n'est plus qu'un grand bâtiment gris-noir, volets clos, portes clouées, rachetée par une banque.

Pourtant il y avait de la vie, j'ai travaillé là, moi, il y a plus d'un quart de siècle, c'était déjà les temps modernes. Il y avait déjà l'usine, en face de la ferme, de mon tas de fumier je pouvais voir les ouvriers et surtout les ouvrières entrer et sortir de l'usine. J'avais des préférées mais les belles ne me regardaient jamais, j'étais domestique agricole, j'étais transparent.

J'habitais une chambre sous le toit, je la partageais avec une bonne odeur de foin. Parfois, la nuit, j'étais réveillé par une caresse, une douce voix, la patronne demandait : je peux venir ? elle me regardait le regard trouble, les yeux mi-clos, le corps en avant, offerte, la sédentaire, au nomade et je sentais ses pieds froids entre mes mollets, son corps lourd enfoncer le matelas. Son vieux était aux somnifères, il était deux fois plus vieux qu'elle. Avec moi elle avait découvert la félicité, en toute modestie, parce qu'elle m'aimait beaucoup trop. Elle transpirait des inondations et changeait les draps avant de partir, elle était la patronne.

J'étais domestique de campagne par idéal, je ne savais rien faire d'autre. J'étais le premier levé avec le boulanger qui me battait de deux heures et le portier de l'usine qui sortait de sa cabine de garde pour fumer une cigarette. J'aimais bien ce village à quatre heures du matin, il appartenait à la fraîcheur des odeurs, il avait l'air grand ouvert au ciel. Les premiers gestes du matin sont entièrement voués aux habitudes, sauf le lundi matin quand le boucher venait chercher deux veaux.

Le patron se levait qu'à l'heure du déjeuner, il me faisait confiance pour la traite, il me faisait confiance pour tout ce qui concernait l'agriculture, son métier de politicien remplissait sa journée, il était très reconnaissant envers sa jeune épouse et moi-même de nous occuper de son domaine agricole.

À déjeuner elle me faisait des tartines énormes avec du beurre et du miel de sapin, le vieux disait : eh bien ! il en a une de faim notre René ! il me faisait un clin d'œil, un clin d'œil à ma bonne santé.

## *Retour à la nature*

Notre village, son ambiance : opération village mort. Il y a des papillons, oui, et une bonne grosse fermière à la tresse au beurre, on laisse vivre une seule fermière par village et on interdit les poules. Les jours de grande agitation un type lave le bassin de la fontaine et ça crée un attroupement d'au moins trois personnes.

C'est si mort que le dernier jeune qui a grandi ici est mort depuis longtemps d'une overdose, et la jeunesse a disparu, l'école est en ruine, l'institutrice si vieille maintenant, son visage autrefois si doux au toucher des yeux est devenu une cartographie compliquée des fleuves et affluents d'Amérique du Sud, ses cheveux fous sont morts. L'institutrice dans la forêt. On aimerait lui dire qu'à cause de ses seins on est nul en orthographe ! Qu'on sait seulement écrire sein à toutes les sauces, qu'on est resté mauvais écrivain parce qu'elle nous a interdit d'écrire des insanités dans nos compositions inspirées. Que sont vos seins devenus, nos saints à nous, à la chandelle de notre mémoire.

L'image des trois maisons du village, abandon, perdu par abandon, nous sommes encore quelques habitants, quelques fantômes d'habitants, nous ne savons pas toujours qui nous sommes ; la nuit, pour cause de manque de lampadaires nous savons pas qui nous rencontrons, nous parlons pas à tout le monde, il y a des habitants nouveaux qui sont là depuis moins de trente ans, ceux-là nous ne les connaissons pas, ou plus, que de vue, pas la nuit.

La nuit nous nous serrons dans le peu de lumière qui reste.

L'exode rural, ou le non-renouvellement de la population. Les jeunes sont partis et les vieux les attendent encore, assis au soleil ou à côté du fourneau.

La nature revient en force, les orties, les ronces envahissent les vergers, les oiseaux viennent nicher à l'intérieur des carreaux cassés, le vent joue avec ce qui se détache, un volet volé, une corde à linge se rompt, se rompt, se rend à la poussière, il y avait là autrefois des bataillons de chemises gesticulant, une école pleine et des voix humaines, graves, fermes, aujourd'hui on dirait des lépreux, des accidentés nucléaires, la nature s'accommode, nous sourit, les couleurs en fleur...

## *Du type qui voulait écrire*

Tu paies ta chambre d'hôtel et tu penses que tu vas être tranquille. Ben non, il y a un type avec une perceuse, juste de l'autre côté du mur, il semble qu'il va entrer dans ta tête avec une mèche de cinq, à plusieurs reprises, à plusieurs endroits différents, des trous dans ta tête.

Merde ! Arrêtez-moi ça ! Le téléphone marche pas, le monde s'arrête sur des détails, des petites conneries, ouvre la fenêtre, regarde dans la rue. Juste sous la fenêtre, sommes au troisième, un groupe punk houblon et haschich, que ferions-nous sans vous ? Ils sont cinq pour une fille magnifiquement vulgaire qui n'arrête pas de leur faire péter son bazooka à la figure.

Je suis cinq, ils sont six à mater la nana, d'en dessus, vue dans son soutif en cuir, sa tête rasée, ses oreilles métallisées, un peu trop guerrière, je devrais me mêler à eux pour connaître les premières pages du roman, on débarque dans un squat, mais c'est tellement couru, cousu de tags et de graffs, une urgence de plaisirs immédiats. Tu pourrais faire entrer la fille avec son odeur sauvage ! Avec un caractère exécrable, une Lolita de quatre-vingt kilos.

Je suis l'histoire du type qui voulait écrire un roman mais qui n'y arrive jamais parce que toutes sortes de pensées barrent sa route et l'empêchent de se concentrer sur ses personnages. Des étrangers viennent squatter les biotopes de mes personnages, leur changer le caractère, les habitudes, incommoder mes préférés. Des filles intelligentes partent en nouilles, des types compétents deviennent nases.

Combien de trous peut-on faire dans un mur ? Une infinité, il y a dans la chambre à côté une personne, un cas pathologique qui perce des trous dans le mur. Je vais voir. Je vous dirai après.

## *On rit pas*

Nous on est les voisins. On voit tout, on dit rien. On s'occupe un peu de l'ordre. Moi je dis, je ne suis pas raciste, mais dès que les origines tournent du côté musulman albanais ou africain, il y a du grabuge dans l'air et je savais bien, quand la fille Dupertuis a marié ce zouave de sauvage, que ça allait donner du vilain. Mon Dieu, avec une perceuse, ça me redonne une pleureuse, excusez-moi je suis très nerveuse. Il la faisait crier. On allait voir. Elle disait : c'est rien ! Nous on disait déjà : c'est pas normal. Moi j'aime ce pays, moi de tout mon cœur je salue la paix dans laquelle nous vivons, dans laquelle paissent nos vaches, alors s'il vous plaît... avec une perceuse !

Voilà ce qui s'est passé. Ce jeune homme a fait la guerre, si-si, du vrai, ça vous dérange la tête définitif. On devrait pas laisser entrer des gens qui viennent d'un pays en guerre, si on veut rester en paix avec nous-même pas besoin de s'inoculer le microbe. La fille Dupertuis, si jolie, si délicate, elle tombe amoureuse de cette brute épaisse ! On a dit : finalement c'est bien fait, elle l'a cherché, elle n'a eu que ce qu'elle méritait et lui on devrait le... mais le Seigneur nous invite au pardon. A l'enterrement c'était un message de paix. Juste, il y avait cette perceuse entre la morte et nous.

Il était perturbé. Ça se voyait ! Ce type était fou et la petite Dupertuis était folle de lui. On pouvait rien faire, c'était comme une maladie, on aurait dû fouiller le passé des Dupertuis pour trouver où ça clochait pour que leur fille se choisisse une brute épaisse, si c'était une réaction à la mollesse de Dupertuis.

Ce type avait une gueule de tête brûlée et de méchant de film d'action avec un sourire ironique. Tu le croisais dans les escaliers, il te toisait comme si t'étais une merde encombrant son territoire, je comprends pas pourquoi on laisse des zigotos si visiblement fêlés se promener en liberté. Déjà avant. A titre préventif, j'avais dit aux gendarmes : mais enfermez-le ! Personne, personne ne nous écoute. Maintenant voyez dans l'état qu'ils sont. On a dit : il voulait se libérer d'une obsession, oui bien sûr, il savait pas ce qu'il faisait. Il était beau, il sentait la poudre chaude. On rit pas. On parle plus que de ça. On souffre des traumatismes de guerre des autres ! Il criait ! Elle criait ! On criait tous dans la maison ! La police est arrivée trop tard. Nous on avait pas le courage. Nous, notre paix, on l'a toujours défendue en restant sagement chez nous, ça marche, les brebis galeuses s'éliminent d'elles-mêmes.

## *La campagne déridée*

Nous avions été filmés par la caméra de surveillance du magasin de meubles, la Présidente et moi, sur un lit d'exposition, c'était ennuyeux pour la Présidente. Pour moi c'était plutôt flatteur, tout le monde se demandait, comment a-t-elle pu avec ce demeuré ?

Elle avait bu, c'est un fait, elle buvait comme un homme. Si femme d'un coup; vous savez, comment aurions-nous pu deviner qu'il y avait une caméra de surveillance allumée au milieu de l'ennui de cette exposition, nous nous trouvâmes en face l'un de l'autre, elle nue, sortant du bois, elle avait ce penchant, je savais pas lequel, du pâtre grec ou du silence, elle venait à moi, vous ne savez plus ce que vous faites madame, mais fous-toi de ça ! elle disait. Si tu sais pas parler montre au moins ce que tu sais faire. Madame la Présidente va-t-elle perdre des voix ou en gagner ? On l'accuse de légèreté, elle dit : c'est un ami d'enfance, je ne suis pas mariée. On avait un avocat, c'était interdit de diffuser ces images, en attendant, on avait pu voir, on se prenait un sacré pied. J'avais de l'énergie bio vitale, oui le grand air et surtout madame la Présidente, combien de mâles n'ont-ils pas rêvé, on s'attendait pas qu'elle se laisse aller avec ce cul-terreux, qu'est-ce que j'ai fait pour l'emballer, rien, rien, elle dit dans la presse : je regrette rien. L'affaire fait un tapage comme des casseroles vides. Elle tire la couverture à elle, elle fait des voix dans le populaire, un peu de fesse déride la campagne.

# *Tutu*

Tu es allé là-bas, tu as suivi le chemin mais ce n'était plus les mêmes, la maison était habitée par d'autres gens, forcément. Des gens que tu connaissais pas et leur passé on n'en savait rien. Il n'y a pas de vide, madame, ici nous avons vécu, ici, assis, où vous êtes peut-être mais ce n'était pas la même table. La table était plus longue. On était plein de gens autour. Oui nous nous sommes amusés, des soirées, des nuits, des verrées et puis dispersion dans les chambres avec partenaire ou pas. Oui. Toujours moins de filles que de garçons. Elles étaient courtisées.

C'est en te faisant rire. Rire. De bonne grâce elle rit à toutes mes plaisanteries, du fond du cœur, elle rit, mais arrête d'un coup avec mes lèvres d'alors, nos jeunes lèvres faisaient connaissance, bonnes lèvres, bonnes langues, repas du dimanche, langue de jeunesse, jeunes fesses, nous étions pleins d'énergie. C'était un samedi mais le dimanche nous disait aussi ainsi que la suite. Maintenant on écrit notre bonheur, des moments d'infinies partouzes à deux, toujours les mêmes qu'on secouait. Merci de m'avoir laissé entrer. Je ne suis pas très causant, mes traits graves ne trahissent pas l'euphorie de ma pensée, quand nous nous courations à poil dans tout le logement, gêné dans ma course comme un papou avec son tutu phallique.

On a pas une seule photo de nous en ce temps-là. C'est pourquoi je suis venu vous voir. Tout est encore là quand je ferme les yeux. Je les ferme et j'échange avec les tiens. Les tiens sont plus grands, ils voient mieux. Ils sentent aussi, ils disent aujourd'hui il fait froid allons ailleurs.

## *Une larme pour Irma*

Quand le cercueil est passé, porté par quatre solides gaillards, au milieu de la haie double de gens, ces gens, parents, amis, connaissances, curieux et simples bobets du village, avaient tous le même regard sur la caisse de bois, les mains pendantes, jointes ou les bras croisés, mais chacun avait une autre image de la personne qu'était dedans. Firmin voyait une jeune fille gambader dans les prés ; Oscar une dernière nuit à l'hôpital, des adieux ; des adieux aux fils, aux frères, à la sœur. Le cercueil posé devant le cœur de la chapelle, face au poids de l'assistance, toutes places assises occupées, même quelques vieux debout, galérant d'une jambe raide sur une ankylosée, le cercueil continue de nous parler. Le fauteuil roulant remonte le temps, la pente, le chemin du village ; Firmin sourit dans son coin, se souvient, si ce sont les souvenirs qu'on caresse ou les formes d'un corps, un corps tout guilleret, tout galopant. La plus belle pouliche du village, du district, du canton, Firmin la voit. La fois où il a osé la toucher, le diable me pousse la main, la fois où il a posé sa main sur sa hanche, s'attendant à recevoir une des terribles baffes qu'on connaissait de réputation et pas du tout, elle était toute chaude, réceptive, ouverte, la vie vibrait à deux mille à l'heure, dans cette femme c'était un volcan qu'il avait à peine deviné. Et ce fut cette seule fois où il la posséda, à la basse-grange, sur la caisse à fourrage, elle, pliée en arrière, les robes relevées, sur la caisse à fourrage, ce moment d'éternité où toute la sève attendait ce moment, ce printemps, cet instant unique. Le sourire de Firmin s'épanouit, s'évanouit, disparaît sur une larme pour Irma.

Oscar surprend la larme de Firmin, il remonte jusqu'au même printemps lointain, passé, il est tout gosse, il joue dans l'ombre de la basse-grange, dans les tirants des colliers de chevaux pendus au sec, quand il voit sa mère en discussion rapprochée avec le voisin Firmin, il veut se cacher et de cachette il y a là, juste à côté de lui, la caisse à fourrage, il lève doucement le couvercle, il se faufile, s'agenouille sur un fond doux d'avoine, referme la boîte juste à temps, du dedans c'est vécu autrement. Oscar, on voyait, on savait pas pourquoi, mais on voyait, il aimait pas Firmin le voisin pourtant toujours serviable avec nous, surtout avec ta mère, des après-midi entiers il a poussé sa chaise roulante sur les chemins les plus mal foutus, ils faisaient la tournée de nos terres.

# *Au premier rang*

Il y avait un petit garçon qui risquait de se foutre dans la tombe si personne le retenait. La mère était présente, mais complètement ailleurs, avec le mort encore vivant dans un même soleil, un même cri. La mère du petit, la femme du défunt refusait la mort, elle le lui disait en face.

Une mauvaise langue disait, c'est l'amour possessif de sa femme qui l'a tué, une autre mauvaise langue, il était drogué-alcoolique depuis l'âge de quinze ans, toutes ces mauvaises langues concluaient par un soupir.

Le gamin, là. Personne faisait un geste de protection, il était tout au bord.

Le pasteur balançait ses bonnes paroles réconfortantes, pourquoi s'en prendre au pasteur ? Il fait de son mieux, il ne peut plus grand chose, une pissette dans une mare de désespoir, le bon pasteur cherche un couloir de lumière dans les conduits auditifs. Il fait bien trop chaud en plein soleil.

Le petit, là, il veut pas s'enlever du bord, il dit : c'est mon papa ! Même le pasteur interrompt son discours, tout le monde regarde le petit, les mamans portent leurs mouchoirs aux yeux, il a trois ans, on lui racontera plus tard, il y a pas de photos d'enterrements. On devrait pas laisser les enfants à la maison, s'il sera pas traumatisé de voir sa mère perdre la boule. Et comment on encrotte les papas morts pour les envoyer au ciel.

## *Trouve-moi quelque chose !*

J'avais été tellement con, j'avais cassé la clef dans la serrure de ma voiture. C'était gelé. Je foutais des coups de pied dans ma voiture.

J'ai entendu derrière moi une voix, sans me retourner je me suis dit c'est une pute qui racole sur le parking. Quand même, c'est courageux ces putes. Oui, mais très surveillées, il y a un mac, garé, dans le secteur, un bon berger.

J'aurais voulu étrangler la voix, j'avais une demi-clef entre les doigts, c'était minuit passé, j'avais la petite lumière d'un taxi qui clignotait dans mes yeux, je ne sais pas pourquoi j'ai choisi un café. Peut-être parce qu'elle avait un long nez de travers qui lui interdisait de séduire n'importe qui. Elle était bête et intelligente. Elle était bête parce qu'elle devait me prendre de l'argent et intelligente parce qu'elle respectait mon silence. D'abord elle avait dilué ma haine je sais pas où. Elle a dit c'est pas ça la vie, comme si elle pouvait me faire une leçon avec son petit sac à main à la con. Où elle a ses cigarettes. Je fume pas. Tu fumes ? ah ! c'est nouveau ! Comment c'est ton nom ? Elle avait une maladie nerveuse, ses doigts tremblaient, sa cigarette roulait entre ses doigts. Elle est un peu lourde. Comment tu vas rentrer. En taxi. Elle m'invite chez elle, c'est le prix du taxi. Pourquoi c'est si peu cher ? parce qu'elle veut rentrer regarder la télé. Elle me demande si j'ai une idée pour la trouver belle. Elle s'agite devant moi elle me dit : trouve-moi quelque chose ! ferme les yeux ! comment je suis ?

Une clef cassée, dehors il neige ; son appartement est une chambre triste avec du papier peint couleur crème jaunie avec des traits rouge-brun comme un pyjama. Le lit est en fer, ses seins en poires, peut-être, on ne peut pas s'aimer, et pourtant on a besoin de quelqu'un d'autre que soi-tout-le-temps. L'écouter c'est m'enfoncer, lui parler aussi, on préfère regarder la télé. Elle me dit que si les hommes avaient la tête à la place du zizi ils seraient moins arrogants. Elle dit d'autres choses. Elle fume trop. Elle me demande ce que j'ai déjà essayé dans la vie. Quelles sources. Quelles ressources. Et elle. Quel plaisir ? Comment faire à l'envers le chemin, trouver où on s'est fourvoyé, ressortir par là. Oui mais elle peut plus avoir d'enfants. Elle aime les jeux débiles à la télé. D'ailleurs je voudrais pas en avoir. Au petit matin quand je suis reparti, toujours ma clef cassée, elle m'a dit : tu vois mon boulot, c'est aussi vachement remonter le moral des gens ! tu trouves pas ? t'es pas d'accord ? dis-moi au moins que je suis belle ! oui, sans mentir, quand on te regarde sous un certain angle tu es très belle !

## *Insignifiants*

Dans quelle ville on était ?

Maintenant d'un coup il y avait plein de soleil, on avait chaud, petit à petit on s'était réchauffés. On a étalé nos sacs de couchage sur des bancs publics pour enlever l'humidité de la nuit. On avait dormi sur le gazon du parc, des chiens étaient venus renifler nos têtes, mais personne nous avait dérangés. On était pas des clochards, on était des poètes voyageurs. On regardait les gens qui nous regardaient. On avait pas les mêmes idées. Eux construisaient une immense tour de Babel. Nous on était là pour prendre le soleil. Ils pensaient : haha ! après avoir chanté tout l'été vous viendrez pas chez les fourmis pas prêteuses ! non, nous descendons vers le Sud, vous ne nous reverrez plus, cette ville, combien il y avait d'habitants ?

Je me souviens seulement de l'herbe, d'une langue de chien et d'une jolie fille que je mets là à tout hasard parce qu'il en passe toujours et que je ne m'en souviens jamais.

Elle cadrait bien. Elle est passée. Mais c'était un rêve. On a jamais été invités par une fille. Si. Plus tard. Mais j'étais seul. Mon collègue est parti dans une autre direction. Nous avons mangé, vécu dormi les mêmes aventures pendant si longtemps. Nous n'étions pas des étudiants, nos cerveaux s'étaient arrêtés avant. Nous voulions vivre sur la corde raide de la fête tout le temps. Nous voulions faire les vers dans la pomme des grandes puissances, des vers bio. Des vermisseaux d'une nouvelle génération.

Insignifiants.

# *Peur*

Il sentait, il sentait venir en lui une douce folie, pas méchante, mais gaffe, il se disait, en présence d'autres êtres humains, surveille-toi du coin de l'œil, écoute bien ce que tu dis, se disait-il. Il évitait l'alcool, il évitait ce qui pouvait l'endiabler. Terribles les moments où il cassait tout, ça l'obligeait à vivre seul au milieu d'un mobilier ravaudé, va fendre du bois, il se disait, quand ça le prenait. Il arrivait pas toujours jusqu'au bois, ou alors la hache du bois le faisait revenir au ménage, moi, je sais fendre du petit bois de lit si fin... le calme, revenir à la normalité du quotidien, la toute petite minuscule normalité de la quotidienneté, netteté de la vaisselle quotidienne, merde de terre. Il pouvait s'empêcher de sombrer, un oiseau ! encore un oiseau à abattre ! Écoute, il sait chanter... le bucolique marche plus avec moi, les oiseaux, cinq minutes par jour et après tu changes de cd. Des humeurs de trieur de livres. Douce folie, ne te raidis, il guettait une présence. Il attendait. Il disait toutes ses croyances, elles ont servi à rien ou quoi ? Douce folie, il se dit, c'est sûrement une femme, je la laisse venir, elle finira bien par arriver, ailleurs que par le ridicule, folie rêve, non, j'arrive, je te le jure. Vous acceptez que j'invite une femme mûre sur le plateau, une de ces merveilles, plantureuse, tachée de son et de lumière, au neuvième mois de grossesse ?

Je suis à un âge, se dit-il, où les cadavres prennent une certaine importance. Après la pleine maturité des quarante ans, quelques questions aux morts : où êtes-vous et que faites-vous ? Si vous faites les fous, fîtes, ou fêtez les fous qui croient en vous. Il avait très peur. Il entretenait sa peur, à chaque instant ça pouvait péter, je reprendrais un mort dans la figure, ou une morte avec laquelle je ferais les magasins, si elle veut ci ou ça, comme elle était jeune quand elle est morte. Cette question-là, aussi, il se la posait, les morts gardent la forme qu'ils ont en mourant, un jeune mort a toujours beaucoup plus de succès qu'un vieux, une morte jeune qu'une vieille morte, vaudrait mieux mourir jeune pour garder une certaine dynamique dans la mort, mais il y a l'abattement des proches, le vieillissement précoce provoqué par la mort d'un jeune frère sœur amie, cette injustice ! Casser la mâchoire et craquer les doigts. La vie lui fait affreusement peur, la mort c'est encore pire, la religion tue l'amour il dit, sa petite lumière bleue s'allume mais il a beaucoup trop mal aux cheveux pour sortir.

## *La psy*

Au début j'étais déjà un grand singe, de la tribu des chimpanzés, je me sentais vraiment dans la peau d'un grand singe. La psy a dit : arrêtez votre cirque monsieur ! Je pouvais pas, je devenais violent comme tous les singes vieillissants. Camisole de force, électrochocs, très courants les électrochocs, faites plus le singe, je suis revenu petit à petit, j'ai vu que c'était une femme, pas une guenon absolument irrésistible que je voulais me faire là tout de suite, une guenon toute fine, raffinée, un vrai plaisir d'être singe et tous ces gorilles de merde qui te râpent sur le poil. C'était la guerre ! Invariablement elle finissait avec un grand prédateur en ombres chinoises entre la lumière et moi, faisant gicler les trois gouttes d'air hors la seringue, une piquouze et puis dodo.

Alors je pouvais pas durer de cette façon, il fallait que je me tire de cette brousse, que je sorte de cette phase primitive, si agréable au toucher et si dure sur la longueur de la cage, ils me libéreraient jamais sous la forme d'un singe, mais je ne raisonnais pas ainsi, physiquement la psy me rappelait que j'étais humain, dans le camp des humains, pas besoin de me cacher sous la table, ni de la violer absolument, patiemment elle m'a expliqué les règles, monsieur, et puis René,

– René, redressez-vous ! vous n'avez pas été capturé au Botswana, vous n'êtes pas un gorille !

Un chimpanzé, banane !

– Oui bien sûr, je vous comprends très bien madame, ici en ce moment j'ai un instant d'intense lucidité mais d'une minute à l'autre je retombe sur mes pattes de devant, j'ai envie de vous chercher les poux madame, de vous chercher les poux partout madame s'il vous plaît !

– Stop ! René !

Je saute sur la table, je suis très agile dans les genoux, ça marche tout dans les genoux, pieds nus, j'avais enlevé mes chaussures et les chaussettes sont interdites, on s'étrangle avec les chaussettes, on fait plein de trucs des chaussettes comme de bâillonner la psy, par exemple.

– Madame, si seulement on me faisait moins de piqûres !

Là elle enfile sa blouse d'infirmière, elle devient méchante et de plus en plus sexy, psychédélique, je dirais, la psy. Les infirmiers me tiennent, ils sont toujours prêts, toujours là, les chiens, elle siffle, ils arrivent, les brutes, illico presto, t'attachent d'attaque sur la table d'opération, elle arrive avec son scalpel. Elle fait tinter la lame du scalpel, c'est la minute de vérité, de la vivisection sans narcose, avec le doigt elle montre comment elle va t'ouvrir, le doigt la craie et la question

– Etes-vous un singe ?

Là c'est absolument désespérant, vous ne pouvez pas vous rendre compte de la tristesse, du sentiment de défaite, pire des faux culs : je trahis ma tribu, je collabore, perds toute dignité, vous largue tristement mes frères :

– Non je ne suis pas un singe !

– Détachez-le !

Comment je peux marcher dans sa combine, cette conne, elle m'a fait tomber de l'arbre, je vais pas me gêner de planter quelques mauvaises graines dans ton jardin potager, attends, salope, la prochaine visite !

Je devais constater que je singeais moins, je changeais d'animal, me croyant sur le bon chemin de la guérison, je tombais sur une chèvre, un cheval, je connaissais leur langue, je me gênais pas, ha ! ha !

La visite du mercredi, j'avais une surprise pour ma psy, je m'étais râpé tout le corps avec une râpe à fromage que j'avais piquée dans les cuisines ; j'étais tout sanguinolent sous mes vêtements, j'étais chef de la tribu des Mamisuli, elle devait se soumettre immédiatement !

– René ! Stop ! Arrêtez ! Vous êtes sur le bon chemin, vous redevenez humain ! Rhabillez-vous calmement, humain, hoo, René ! cool !

– Oui madame.

– Le coup du sacrifice humain j'ai beaucoup apprécié, merci, mais redevenez vous-même.

– Oui madame.

J'essayais de me concentrer, j'arrivais pas à retrouver la petite boule au milieu de ma tête, aidez-moi madame la psy, je vous aime beaucoup, dans ma collection de deux cent soixante-trois infirmières vous êtes la première ! J'ai voulu lui dire le truc des infirmières, j'ai pas pu.

– Venez, je vous emmène à l'infirmerie.

Du tac au tac je lui réponds :

– Non ! J'ai déjà fait mes courses, je viens pas avec vous à la boucherie, j'ai horreur du sang des autres, mais du mien vous pouvez en avoir autant que vous voulez.

Je renlève mon pull, elle perd patience, t'as jamais le temps de discuter, même pas de faire l'amour, tout ça est un monde matériel, vénal, je la regarde tristement pendant qu'on me traîne dehors, je pleure et pis je retourne dans mon pneu, mon peu que l'esprit me laisse.

# *Docteur Braun*

La première fois que je vous ai vue, un printemps, je me souviens, un jour de printemps ensoleillé, j'étais dans le parc, sous l'eau, j'étais encore sous l'eau, je jouais avec la neige de pétales des cerisiers, mon amour, tu as soufflé ton odeur dans le tuba, c'était divin, la vie revenait sur terre. Pardon, docteur Braun, si des fois je vous tutoie, vous êtes si près de mon âme. Vous m'avez appelé par mon nom, mais j'avais plus de nom, plus d'identité, j'étais plus qu'une lavette au fond du lac.

Tiens, vous lisez ? elle me dit surprise, qu'aimeriez-vous lire ? Elle m'enlève mes moyens avec sa délicate corporation de membres sains et vigoureux, elle est toute énergie et moi, merde, envie de dormir, attention elle a du ressort, elle dégage des fléchettes empoisonnées à l'érotique, c'est hors de question, il faut tout inventer, toutes les scènes d'amour, je dois les inventer, aucune jamais vraie, je veux parler de celle du futur, où je dis enlève ton dentier pour me sucer, diablesse, la mort s'est assise entre mes dents, à l'intérieur de mon dos cassé, mes reins pourris par les médics, tu verrais ces rognons...

Je me perdais dans ses livres, si je voulais l'avoir en moi je devais tous les lire, facile de lire, une autre paire de manches pour comprendre, j'étais pas allé longtemps à l'école et c'était une école de village, neuf degrés dans la même classe. Je voulais lire tous ses livres, je les ai tous au moins feuilletés, et élu le meilleur que j'ai toujours sous la main, enfin depuis que le changement de régime me permet d'avoir des objets personnels, au début c'était zen, on m'a même attaché, alors que je suis un type non violent, fan de Gandhi, j'admire le mahatma Gandhi, surtout quand il se promène avec sa chèvre et son rouet au milieu des maîtres de la politique mondiale.

Oui madame Braun, t'as bien fait de prendre mon bureau, je déconne, où elle est assise c'est pas du tout à moi. Sérieux ? Vous voulez connaître mon enfance, je tiens les jumelles à l'envers, je vois tout petit, il n'y avait pas d'enfants en ce temps-là, tous fourmis ouvrières, tous, à peine debout le boulot, les chèvres, les veaux, le bois, les paniers de bois, corvée de sapin, parler de mon enfance, je vois surtout mon père, une tête de lard, vraiment gros dur, il assurait avec la goutte, il frappait avec le poing, comme une massue, nous étions frappés plus souvent que le bétail, comme les chats nous avions plusieurs vies, nous finissions toujours par nous relever. J'aimerais que madame Braun touche ces cicatrices sur ma tête, tu vois, ce con pouvait frapper avec un marteau, une hache, impulsif, on le craignait comme un cheval vicieux. Elle met sa main dans mon cœur chaud et ravive toutes sortes de folies endormies, madame Braun, en blouse blanche, complètement nue dessous, c'est le film porno qui recommence, et pourquoi il existe celui-là ? Heureusement en rêve, dans mon rêve vous cédez, vous ne pouvez pas me résister, je vous fais hurler de plaisir, pcht ! pas trop fort vous pourriez réveiller les malades.

Madame Braun, j'aimerais décrypter le langage de votre crayon, tapotant sur votre front, pénétrant l'oreille, puis levé, tendu ; reprenons ! Elle veut des amourettes de jeunesse. Et puis, si vous permettez... j'aimerais préciser... je n'ai aimé qu'une femme... à la fois... c'est encore là... éperdument amoureux... de vous d'ailleurs... je suis rempli de vous... ma tête va éclater, regardez madame Braun, les premières fissures derrière mes oreilles. On peut pas se contenter d'être contemplatif, plonger dans son décolleté, rêver d'une délicieuse cueillette de fruits mûrs, non, faut répondre à des questions et plus on est concentré et plus elles sont insidieuses...

– Comment c'était quand vous leur tranchiez la gorge ?

## *Rosée en friche*

Quel sorte d'ange êtes-vous ? Bourré d'ambition je dis l'ange-poète et aussitôt on me déguise en oiseau, à l'aube dans une rosée en friche à toi de faire les trilalaires. En ange-autodidacte tu te démerdes pour séduire l'aurore en lui jouant du boréal. Tu te démènes sur un fond d'horizon embrasé les forges de Vulcain, tu gesticules, appels véhéments, retournez-vous, assistez au spectacle. Mais le poète est complètement sous l'eau, c'est un ange scaphandre, la poésie n'est plus perçue que par le tuyau du tuba, c'est un grincement lointain, c'est plus que des Noms, on sait plus rien de l'état, l'état où on se tient pour percevoir le souffle de l'ambiance redondante des coqs de bruyère. L'ange-poète. D'abord l'ange, on est écrasé de rire, ensuite poète, on voit la petite fumée qui sort du tuba, ça sent le caoutchouc brûlé, qu'est-ce qu'ils fichent là dessous ?

# *Bio-dynamique*

Elle parlait du droit fondamental des peuples à pouvoir s'exprimer, lui, la regardait dans les yeux et des yeux à la chemise, ses seins hautains qu'il ramassait en pleine figure.

Le droit des peuples, juste une parenthèse entre la santé des plantes et le bien-être des bêtes, le bien-être des plantes et la santé des bêtes, des idées jeunes dans un corps sain, c'était de toute beauté, c'est de toute beauté, il se dit, qu'est-ce que je dois faire, toute cette théorie je me la mets ici, et la nana là, c'est trop cool si elle m'engage, mais là, là il faut y mettre du tien, du mien, il se dit en ouvrant grand les oreilles, la culture c'est sûr ! Rimbaud, Verlaine, Baudelaire, la poésie, le théâtre, la culture des plantes, c'est vrai ça, je me suis planté, la culture des plantes, si-si, le cannabis, le pavot, la coca, des bananes, non c'était du café au Nicaragua, mais ça fait longtemps, il dit, je suis dépolitisé depuis, je suis super clean à présent. Madame, t'as pas l'air vache, engage-moi, c'est une condition de ma conditionnelle, je dois trouver une place. Repris de justice il avait pas beaucoup de chance. Nous les repris de justice n'avons pas beaucoup de chance de retrouver un emploi, alors ici c'est le top de la nana intelligente qui peut comprendre et tout, mais pas touche, respectueux, surtout respectueux de l'environnement, c'est ça, pas de seringues par terre, pas d'engrais, pas de pesticides, toutes ces saloperies virées à l'égout, non, surtout pas l'égout ; tout doit être biodégradable, moi je suis vachement biodégradable, je dis, j'ai rien, moi je crève, pas besoin de faire d'ordre, je laisse rien, pas de bagnole, pas d'usine, pas de centrale, rien de rien, un couteau de poche, je suis entièrement biodégradable, madame, tu peux m'engager, je mange macro ou végétarien ou même pain sec et eau, je suis nature, je marche à l'herbe. Si je m'y connais en agriculture biologique ? j'y suis né dans l'agriculture biologique, déjà mon père et ma mère étaient biologiques. Elle aime pas qu'on se fiche de sa gueule, alors tout de suite il s'écrase, il est à ses ordres, elle a l'habitude, les Portugais, les Capverdiens, les Albanais, tout le monde s'écrase. Il se dit écrase, quand même, elle m'a offert une tisane, c'est pour que je l'écoute et qu'est-ce que je savais faire, sortir du fumier ? oui, très bien le fumier, je connais, ça marche pour le fumier oui mais... en agriculture bio-dynamique c'est toute une technique, ces cons, je me dis, il se dit, ces cons peuvent pas se contenter de sortir du fumier, il faut encore le malaxer, le mélanger à des herbes aromatiques, le ventiler pour qu'il étouffe pas, merde alors, c'est pire qu'en taule, sauf la nana, il se dit, la nana je donnerais cher pour en avoir une comme ça, mais d'abord faudrait lui dépuceler le cerveau, avec toute cette pratique des théories, elle en a sûrement tué plus d'un, une mangeuse d'hommes, encore une, les conditions de travail sont plutôt dures, je veux dire les heures, c'est un sacrifice rentable ! de l'investissement à long terme, de l'engagement personnel pour un monde plus sain !

Elle pète de santé, il a pensé, elle est bourrée d'énergie, j'arriverai jamais à suivre son rythme, elle me fatigue d'entrée, les petites graines en gros c'est pas trop ma tasse de thé, mais comment ne pas saisir la perche qu'on te tend, pauvre type, à propos de psy, de ma psy, il se dit en repensant à sa psy, c'est encore une condition de la conditionnelle, la psy me dit d'arrêter de me traiter de pauvre type, il faut croire en soi, il se dit, en regardant l'agricultrice biologique dans les yeux, découragé d'avance par toute l'énergie qu'il faudrait pour détourner ce fleuve de son lit.

## *La lettre pas écrite*

Déjà le premier jour je voulais lui écrire une lettre. Il faisait nuit, je me sentais bien, je ne savais pas quoi écrire. Lui dire comme elle était belle, des platitudes, je pouvais pas, son esprit me dominait, je savais que sur la beauté je n'avais rien de mieux à dire que tout ce qui lui avait été déjà dit. Alors ? Original ? Je glisse sur la crêpe au miel, je voulais lui dire comme j'avais senti une caresse de son esprit subtil, subtil ? ou malicieux ? Elle choisit elle-même. Quels compliments, en toute simplicité, utiliser ?

Les couleurs d'automne vous vont-elle bien ? Les saisons sont masculines, il n'y a pas d'été indienne... pourtant j'ai une photo, on vous voit de dos. Tournez-vous ; voilà, je vois votre visage.

J'aimerais entrer dans votre esprit. admettons, je suis une seringue je vous pénètre par intraveineuse et je vous monte au cerveau, en finesse, sans rien déranger, je suis soigneux, discret, timide. Je viens m'asseoir au coin de votre feu. Et je vous écoute penser. Je sens le sang vous monter à la tête. Je n'aimerais pas être la cause d'une attaque cérébrale, d'une infirmité qui vous tord la tronche de façon si cruelle que tous vos avantages sont à retravailler. Non. Je suis musique. Une mouche. Vous avez la tapette à portée de main. Vous dégustez la musique, la légèreté d'une plume, c'est une bonne onde. J'arrive sous la forme d'un klaxon, j'interromps votre félicité, je suis une question pratique dans ta vie, les rêves sont couverts des cicatrices de la vie. Elle rêvait de moi parce qu'elle ne me connaissait pas. Elle s'était fabriqué une sorte de type qui n'existait pas. Je devais entretenir un mythe. Alors surtout rien de concret. Éviter les considérations physiques. Les tendances sexuelles. Nous sommes dans un voyage télépathique. Elle n'y voit que du foin. Elle n'entend rien. Elle n'est pas réceptive. Le désespoir est là en pardessus gris avec son chapeau qui dégouline et ses manches trop longues, le désespoir n'a pas de doigts ou ils sont gourds ou ils servent à plus rien. Elle lève un œil. Elle entr'ouvre une fenêtre. Je suis un rameau d'olivier. Baisse le son ! J'arrive par la porte des esprits ! Je suis une vision ! ferme les yeux ! Si c'est des dragons ou du feu, ou les deux !

## *Mademoiselle Ève*

Isolement, corbeaux et pain sec, où est le sel ? se demandait l'ermite. Où est le sel ? et il souriait parce qu'il tenait la réponse. La réponse une perle dans un écrin, un grain de sable dans son cerveau, un si petit grain musical, si il y a une intelligence ou si c'est par hasard ? Si le stade humain est un poème, il avait surpris cette possibilité, il se disait peut-être qu'il y aurait un peu de crème sur la compote de pommes.

Il a remis Ève au goût du jour. La première fois qu'on la voyait dans cette tenue. Le serpent s'insinuait déjà dans la lumière verte de la pharmacie. Mademoiselle Ève était encore pucelle, aide pharmacienne, si c'est pour ses yeux ou pour les topettes du patron. Les deux faisaient rêver l'ermite dans la genèse de son parcours. Dans la médecine de prévention que nous pratiquons ici le serpent noue l'ampoule au corps d'Ève, une autre fée verte avec des reflets bleus. Comment vous feriez pour la lumière si elle perdait connaissance. Il était si près de son odeur. Majestueuse. Pas un geste, tueuse ! Dans quelles casseroles voulez-vous finir de bouillir ? L'ermite était nul en cuisine, tous les anges de passage se plaignaient, il avait qu'une grosse cloche à fromage. Les souris lui creusaient les noisettes. Il se confiait à la paroi rocheuse, il disait le diable est entré en moi par intraveineuse, il était si bien dilué, vraiment j'ai pris mon pied, mille fois plus concret que Dieu, cette concubine fétide, non la délicate mort dort, nous la trompons, nous passons derrière, devant, d'un coup nous sommes dedans ! Baiser la mort c'est comme vous voulez il n'y a jamais de vainqueur. Vaincu, battu on a encore pas compris, l'humidité, l'humilité, la délicate mise en page.

## *Page tournée*

Elle fond, j'ai dit merde elle fond, chaque fois que je la touchais, elle fondait. Elle est irréelle alors ! Alors non, parce que je la vois là, c'est seulement dès que je la touche. La touche pas. Plus du tout, si tu veux la voir. Comme au théâtre. Oui Madame. Vous avez des drôles de couleurs, comme si j'avais des lunettes bleues. Les yeux entrouverts je vous vois descendre du train, votre chien vous reconnaît et balance sa queue comme un lanceur de drapeau. Vous êtes donc venue. Changement de lunettes en jaune. Votre chien et... suis-je votre amant dans cette histoire ? non, juste voyeur, voyageur voyeur dans un compartiment en face, mais je sens jusqu'à la fraîcheur de la languette de votre chien. Si quelqu'un vous attend ? non c'est raté, il ou elle n'est pas venue. Je suis son remplaçant. Vous n'y gagnez rien, je sais bien, c'est juste mon imagination, elle ne prend aucune place, jamais elle ne vous dérangera, elle se tiendra discrètement à côté de vous. J'ai refusé de la regarder plus longtemps parce que mon regard s'arrêtait trop sur ses jambes, je me demandais si elles étaient bien ou pas alors que le visage suffisait amplement. Cette gravité. Cette sévérité des traits. J'aimerais les détendre. La détendre. L'inviter pour une soirée dans une forêt derrière l'église. Non, déconne pas déjà, porter votre valise, si vous permettez, je suis poète de passage, du vent.

Elle regarde sa montre. La montre au-dessus du quai. Il vient pas. Elle vient pas. Je viens pas. C'est moi qu'elle attendait, j'ai loupé notre rendez-vous. Et le chien alors ? d'où il sortait ?

Seulement le chien. Seulement le chien, personne d'autre. Mon train est parti. J'ai fait signe à la dame, elle a hésité, elle a eu un mouvement, c'était déjà parti, sa page tournée.

## *Louange pour ton beau visage*

Elle est montée en gare de... mademoiselle... non, madame, son petit pied, son petit chien qu'elle avait laissé à la maison. Ses yeux. J'avais une mauvaise idée de moi qu'elle a su extraire par la suite. Nous étions faits pour vivre sous le même parapluie, j'ai vu à ses mollets. Elle m'a même pas salué. Ses mollets conduisent à qui ?

Le train partait déjà vous êtes à peine installée. Je ne puis absolument pas parler et comment entrer en contact ? Elle est autorisée à s'asseoir en face de moi comme elle me l'a demandé. Il y a des campagnes à côté de nous, la banlieue et puis des campagnes. Elle dit pardon vous avez l'heure. Ma mort est entrée en panne depuis que ma montre marche plus. Je ne peux pas lui dire ça. Pour la première fois j'entre en contact avec son visage. Alors je chante, tout de suite, en moi, louange pour ton beau visage si apaisant et si désarmant d'amour. Je peux pas regarder longtemps. Si j'ai du feu ? Non, l'heure elle veut. L'heure... mais avec vous l'heure est un conte de fée, elle va te ramener à la réalité. Je n'arrive plus à suivre avec les photos d'elle dans toutes les positions, je suis possessif. Trop possessif. J'essaie de me libérer mais elle me vient plus près. Oui j'oublie des extraits, on est jamais allé si vite. Il y avait des excursions dans les campagnes qu'on traversait. J'ai même vu un mulot qui passait en vitesse d'un trou à l'autre. S'il pleuvait maintenant. Dans cette ferme par exemple, j'étais le bonhomme sur son tracteur qui venait de prendre un thé avec du fromage, on était passé quatre heures. Il y avait des passages et un livre. Les autres passagers entraient et sortaient nous ne tenions aucune comptabilité, ils étaient libres comme ceux qui convoitaient des appartements tout le long des étages. Sur ses mains. Sur ses petites veines bleues. Ses bagues. Sur sa littérature sur ses cils, madame, son parfum de personnalité engagée dans le labyrinthe de mon cerveau, je vous perçois par tous les sens, votre empire, j'avais un mini drapeau que j'agitais nerveusement pour honorer sa nationalité très typée.

Elle lit un truc sur les illusions à la télévision. J'aimerais attirer son attention.

# *Votre plus belle écriture*

Ma femme était la plus belle du monde, mais je me souviens plus où je l'ai mise. Ce matin il fait soleil radieux, il y a des arbres, il y a des bancs publics, il y a des femmes, il y a même une poussette renversée avec un roquet dedans, enfin... un, les petits enfants nourrissons, nourrissez-le ! La maman, je lève mon chapeau, j'ai peur, j'en ai pas, pas de chapeau sur la tête. Je suis perdu. À qui demander qui je suis ? mon chemin. T'as pas vu ma femme ? Comment elle est ? Petite, merveilleuse, un bijou, pourtant je flashais pas sur les petites, mais elle maintenant... si seulement je connaissais le chemin. Vous êtes ivre ? Pas du tout, non, écoute-moi, la petite-là, je me penche sur ton sourire de femme mûre, ton esprit... un banc public... oui nous avons du soleil... sommes-nous au bord d'un lac ? une rivière ? le Rhin, le chant de notre Rhône. La petite, si seulement je retrouvais son nom, j'ai toute une réserve de noms, je retrouve plus le bon, j'ai son sourire, là, comme si j'y étais, avec ses yeux brillants de bonheur, ses yeux brillants de bonheur !

Tu ne peux pas aller plus loin. Une fois que tu as ses yeux brillants de bonheur, c'est le bonheur du bonheur, les anges se congratulent, les esprits se marient et après et après ? Je demande aux yeux brillants de bonheur où on va ? Qu'est-ce qu'on fait ? Dans quel lit allons-nous consommer cet amour ?

S'enfoncer complètement les esprits l'un dans l'autre, un petit bout d'éternité, voilà, avant que tout recommence, les gens à marcher, les sourires à s'effacer, le quotidien te tient... change rien, comme tu étais, comme je suis... Il me manque des points de repère, je vacille, elle me redresse, oui, là, il y en avait une toute belle, je lui prédis, et je remonte d'une fille à l'autre jusqu'à elle, inlassablement, c'est elle qui arrive, bonjour madame, le nom, le prénom, inscrivez-vous en moi de votre plus belle écriture.

## *Femme d'intérieurs*

Souvent j'entends ce truc : Valentin, tu es marié et on ne voit jamais ta femme !

C'est parce que c'est une femme d'intérieur, je la laisse jamais sortir, trop belle pour moi, tout de suite elle se ferait draguer et qui sait, céderait à l'argent, très sensible au luxe, caviar, foie gras à volonté, frigos de riches. Elle n'est pas prisonnière, il y a des trous dans son carton, non, la cave est très confortable, meublée, coin lavage, cuisine, parfois je l'attache au soleil pour qu'elle prenne des couleurs, elle n'est pas attachée, c'est une image pour qu'elle parte pas, comment je pourrais l'attacher, elle est si gentille et si dévouée à mes fantasmes de gros gras possessif, je me dégoûte et elle me dit de tout lui dire et elle m'écoute en se caressant la nuque, peut-être elle est plus cinglée que moi. Je suis aux aguets, dès que j'entends des bruits c'est : file à la cave !

La cave a été complètement carrelée par mon ami carreleur qui croyait que je transformais ma cave en laboratoire, en laboratoire d'amour. J'ai pensé, bien chauffé, elle est frileuse, délicate, réclame beaucoup d'attention, de soins de peau ; elle voudrait des vacances... des vacances ?

T'es pas bien ici ? si, si, elle rêve, sable chaud et nappe irisée, l'infini de l'horizon où la mer est aux cieux et les yeux dans l'eau, son rêve s'infecte si on y touche trop, moi je dis, il nous faudrait une baignoire comme objet principal ; maintenant elle pleure, elle dit, je casse ses rêves, elle est si attendrissante quand elle pleure j'ai aussitôt une envie folle de ce péché sacré, cette diablesse s'éveille en elle, à travers ses cheveux dans la figure les yeux sourient, sèche tes larmes ma langue de veau, vieil obsédé ! tu prends ton fusil ma belle chasseresse, la belle au fusil comme je la vois tirer un coup, mais beaucoup trop vulgaire pour elle, pété en l'air, retire cette chemise, culotte et autres, attends, j'avais une idée, elle est partie, c'est rien, je me confie à elle, me remets entre ses mains, et puis je la renferme à double tour !

## *Sa musique s'est éteinte*

Quand les inspecteurs de la brigade des morts sont arrivés, elle était assise en tailleur sur la table et elle se balançait d'arrière en avant en chantant une douce mélodie. Elle voulait pas descendre de là. Divine, devine qui vient te voir ! Elle voyait bien.

Elle devrait encore raconter, elle en peut plus, elle est délicate, vous allez la casser, elle est déjà cassée, alors vous allez la finir.

Les hommes, ces brutes, ces machines, on lui prend son homme.

On lui dit de descendre du piano, pardon, de la table, elle se croyait sur un piano, elle écoutait encore la musique, les cordes étaient encore trop tendues pour percevoir quelque chose... d'autre...

Un autre mouvement, un autre temps, on l'a prise par le bras, on l'a mise sur pied, un inspecteur véreux, plus nerveux que les autres, plus con aussi, l'a prise par le bras, mise debout : on te parle ! Où est la psychologie d'entrée en matière ? Le respect du deuil de la veuve ? Elle se fait engueuler parce qu'elle a dépendu son mari. Elle était jolie, l'inspecteur lui a souri, elle ne voyait que machine dégoûtante de bêtise. Les méchants étaient entrés en scène.

Elle a trouvé Philippe pendu avec la laisse du chien, il était presque à genoux, il touchait par terre mais il était mort quand même. Elle pouvait plus parler. C'est moi qui ai dû leur expliquer. J'ai dû leur dire qui j'étais, papiers, on doit savoir qui on est, je la regardais elle, Divine, elle savait plus rien. Pourquoi ce crétin s'était-il pendu ? Égoïste ! Ta nana maintenant ? Tout amour, ton amour, un coup de marteau-pilon sur la tête, elle est toute flasque entre les mains du flic, ta pépette gonflable perd tout son air, l'air de rien, il la repose sur un tabouret, sa musique s'est éteinte, il n'y a plus rien que des planètes grises sur les catelles bleues. Tu crois qu'il est mort, en fait c'est une façon détournée pour te parler, il est derrière toi, te retourne pas. Elle l'entendait. Elle savait que c'était des conneries, elle l'entendait quand même.

Les gens s'en vont et les flics viennent et cherchent et reniflent partout, comme s'il y avait encore quelque chose à ronger.

## *Quelle main tu veux ?*

– Vous auriez peut-être un petit vase à fleurs ?

– Oh oui, des fleurs ! J'adore les fleurs, mon mari me ramène régulièrement des fleurs.

– Où est votre mari ?

– Euh… aujourd'hui… j'ai pas son agenda en tête… si, aujourd'hui c'est son… il est mort depuis trois ans. Trois ans déjà. Souvenez-vous de notre jeunesse, quand nous étions fous.

– Je peux pas, j'y étais pas.

– Dans ces années-là… tout au bout de ma vie, je regarde et je nous vois jeunes ! C'est si incroyablement vite passé, et maintenant je suis ici avec un corps de vieille. Dans mon esprit ça galope encore, j'entends les chevaux arriver au grand galop et mon mari dessus. René. René, voyons, c'était pas René. Je suis confondue, j'ai passé quarante-huit ans avec lui et maintenant je cherche son visage, s'il avait une moustache ou pas. Des fois il était méchant avec moi, pas au point de me frapper, mais méchant intérieur, ça lui venait de ses frustrations. Maintenant je sais qu'il est mort, mais des fois j'oublie. Je veux lui faire des surprises, je lui dis : quelle main tu veux ? et il regarde même pas. Il lève même pas les yeux de la photo, comme s'il en aimait une autre ! Moi je crois qu'il en aime une autre. Je lui amène des fleurs. Je sais. À moi il amène des petits bouquets merdiques et à elle des roses, plein de roses, l'autre jour il lui a amené un bouquet de roses de plusieurs couleurs différentes rassemblées en bandes circulaires de même couleur, c'était un bouquet absolument merveilleux pour une petite merdeuse qui lui fait des saloperies. Je l'ai trop aimé et maintenant il y a des choses que je lui pardonne plus ! C'est pas ces quelques fleurs qui changeront quelque chose !

# *Mon beau Philippe*

Chaque année les arbres poussent et te cachent un peu plus la belle vue que t'avais en arrivant ici. Pourquoi après vingt-deux ans d'hôpital psychiatrique tu ressortirais pas à l'air libre ? La liberté elle l'avait, toute sa légèreté ici. La laisse du chien. La laisse du chien m'a tenue si longtemps. Elle s'est libérée. Elle avait plus peur. Après vingt-deux ans elle est sortie. Elle ne savait plus marcher dans la rue. Oh ! Ils sont trop. Les quidams. Inconnus. Des docteurs. Des infirmiers. Des demoiselles d'honneur. Beaucoup de malades mentaux. Où est votre suivi psychiatrique ? Elle croit peut-être dans sa valise. La laisse du chien. Il est mort depuis longtemps, vingt-deux ans, laissons-le où il est, il s'agit de moi à présent, j'ai une adresse, un logement. Une aide sociale. Je suis protégée. Je dois prendre mes médicaments. Elle a oublié sa valise. Où ? Dans le train. Il y avait un jeune homme si charmant, un musicien, elle se sentait trop légère, elle a oublié sa valise. Elle n'a plus d'adresse, le nom de la ville suffit, suffit d'écrire le nom de la ville en caractères gras, maintenant qu'on y est, on peut même oublier le nom de la ville. Il y a trop de gens, des gens sans adresse, mais chacun sa petite boîte, son alvéole où se réduire. Elle avait cette impression : il me manque un couvercle. Suivi psychiatrique, c'est pas marqué la rue ni rien. Je fais des efforts de mémoire, mais vingt-deux ans, les murs se sont séparés de leurs propriétaires d'alors, tout est différent. Tu veux des stylos-bille de race ? de marque, pardon, ici on vendait des canapés à emporter, à la crevette, Philippe, mon beau Philippe. On enterre ton Philippe. Il parle plus. S'est tu, s'est tu, c'est tout ! S'est tué juste pour par pure ure ure par rien du tout. Prenez-vous en main ! la difficulté de la prise en main soi-même, par moi-même, je prendrais bien un petit café, dans cette rue ici, moins peuplée, moins écrasée, moins écrasée. Sensible, elle disait : viens jouer de la trompette dans ma touffe, sur mes lèvres. Le plan de la ville est froissé dans sa mémoire, on prenait cette rue et après on faisait l'amour. Une bijouterie à l'endroit, mon bijou, à l'improviste, à l'endroit où était leur café, notre café.

Elle sent un vide infini, elle doit immédiatement trouver sentir une preuve de raison de vivre. Dans la vitrine de la bijouterie il y a des éclats de rires de lumières d'étincelles de pierres précieuses, mais c'est trop plat pour rappeler l'amour. Il faudrait des cris, des hurlements, des trucs pas nets qui ne feraient qu'attirer inutilement l'attention. Elle se disait, maintenant elle devait attendre, voir s'il existait encore quelque chose...

## *Dédicace*

Une signature dans la gare abandonnée de M.

Peut-être auriez-vous dû nous préciser l'éloignement. Le car postal mettait quatre heures pour y arriver. Il y a des gens qui me lisent là-bas, non, il y en a un, un fou, il organise une lecture. Il y aura trois personnes. Trois personnes solidaires qui ont collé leurs chaises pour ne pas avoir froid. Une infirme. Infirme n'est pas une identité mais j'avais pas encore d'autres informations. Le fou qui organisait et un vieil alcoolique en bottes d'écurie.

Le seul local encore éclairé de l'ancienne gare de M. était la salle d'attente où le plafond coulait, on se met pas sous les gouttières, je lis, pardon vous pourriez lire un peu plus fort, oui, cette infirme est très attentive, elle me pose des questions et je n'arrive pas à y répondre. Elle est si profonde, je dois descendre de mon cheval et la suivre à pied. Même dans ce trou perdu, où il y des marécages de haut-plateau et un dénuement général, la salle était dix fois trop grande. Le poète fou qui m'avait invité m'a demandé si je voulais un café, oui, il est parti avec l'autre valide, restait que l'infirme, assise à califourchon sur mon esprit. Elle veut tout savoir, si mon histoire était vraie, elle se méfie de moi. Dans ce village il n'y a plus que sept habitants. On dirait du passé. Mais nous sommes au présent. Les deux reviennent, l'un avec une bière, l'autre avec trois tasses de café différentes et fumantes dans la lumière blafarde de la salle d'attente de la gare abandonnée. Ce n'est pas un univers triste parce que l'infirme a un regard pénétrant et le fou servant un espoir si grand.

Au début j'étais parasol. Rétif. Descente, paumé, oui t'es bien chez toi, les contacts sont difficiles, les silences entre les mots. Le fou a tout lu, je suis fier qu'il me mette dans la suite. L'alcoolique m'aime, il me lit pas mais il m'aime quand même. À la fin de la lecture tout le monde s'est tu et le fou a proposé de déclamer ses vers. L'alcoolique a voté oui pour une bière, l'infirme voulait pas mais elle a cédé sans altération de sa bonne humeur.

Comme il hurlait ses poèmes on ne doutait plus que son cœur débordait sur sa conscience. Il fallait le calmer en lui prenant la main, l'infirme était une tendre infirmière morale.

Il s'écrie : Pénélope ! et c'est son chat qu'il a retrouvé qui est entré par une vitre cassée. La séance est levée.

Il n'y a qu'une possibilité pour rentrer c'est de se perdre à pied dans l'immensité de la toundra. Il faut loger chez l'habitant, je demande où ? Ici. Dans des sacs de couchage derrière la billetterie. Il fait de plus en plus froid. La nuit dans un sac de couchage à même le sol. Avec ces clochards qui se prennent pour... qui ont raison, qui sont une tribu inconnue.

## *Sous les draps du lac*

Dans la nuit, je tenais ses seins dans mes mains, pour les protéger, les lui tenir en l'air pendant qu'elle cavalcadait dans ses rêves. Aussi son petit cul contre mon bas ventre, ses fesses froides, froides comme des joues dans le blizzard.

Le nez dans sa nuque, je dis c'est quand qu'on deviendra vieux ?

Je hais le temps, je dégueule le temps, l'usure, la mort. J'aimerais mettre la mort sur le dos de la connaissance, elle tient pas, trop de vide ! Putain qu'est-ce qui nous séparera ? L'éternité s'étiole, nos corps sont déjà moins fiers, un poids, un poids lourd de passé : le récit commence.

Avec Elle dans notre toute première nuit. Elle à pieds nus dans la neige. Elle parce que ses souliers à talons si hauts faisaient des trous, ils se plantaient dans la neige. J'aurais dû la porter mais c'est elle qui voulait pas. Ses bas glissaient trop, elle renonçait à ses souliers, à ses bas en riant, elle était si jolie, si belle, si ferme. Dommage que j'habitais si loin. Non. Elle riait, assise juste à côté de mon âme je lui ouvre la porte, elle me donne la main. Sa langue était si délicate, tendresse de lèvres fraîches. Nous nous consumâmes jusqu'au degré inséparable. Si bien qu'à peine partie je la revois d'un degré à l'autre du passé, j'ai encore tout à me reprocher, ce qu'elle pourrait appeler galère. Je peux pas vraiment y toucher. Toutes mes croyances souffrent d'arthrose. Je refais l'éloge de la nature, le poète, la prends à témoin, mon amour, pieds nus dans la neige, sommes sortis de la gonfle, avons parcouru le monde.

À la question la mort, je sais toujours pas quoi répondre, j'essaie, avec des petites histoires, de m'en approcher, raconter comment tel et telle sont arrivés au paradis, en baisant jour et nuit, se foutre la tête dans un projecteur et retomber le cul assis. Comment j'ai cru connaître la connaissance et strictement incapable de la transmettre, muet de génie, de trop de plein d'idées, de pensées venues du cosmos.

Reviens, lui donne la main, traversons le marché des porte-seins, toutes sortes, des demi-balcons pour prendre le soleil derrière les géraniums, des petites culottes de soie si lisses on dirait t'as pas de slip. On fera l'amour pour mourir parce qu'on aimait trop la vie, le plaisir de l'autre se refermant sur nous, amen, on sera à la morphine totale comme des anguilles ou des truites bleues dans un rayon chaud jusque sous l'eau. J'arrive pas à soulever les cailloux des petites misères pour en faire un roman d'amour. Les petits coups, les petits trous. Tout le monde a beaucoup souffert c'est entendu. Tout le monde a dû ravauder ses rêves pour les faire entrer vaille que vaille dans une boiteuse réalité. J'ai rien de plus que les autres, une petite pierre pour l'édifice. Je gratte la pierre, je sale le fromage.

Maintenant le message : ralentissez tout ! prends tes vacances sur la plage de ton imagination, elle sent un peu le poisson crevé, c'est forcé, on avait des toutes petites plages avec des poissons en plastique qui se remplissaient d'eau...

Au bord de l'eau je lui dis : poussez-vous un peu, j'aimerais aussi mettre la mienne, de beauté sur la terre, la tienne est partie avec un bossu, la mienne en chair et en os, regarde un peu, je nage vers elle, dans l'eau, dans l'eau, moi aussi je sais faire l'eau, les montagnes qui s'y baignent les pieds et l'ombre du Gramuvra, non, j'arrive en plein soleil à nager vers elle, avec juste la pointe de mon pied de fond, elle plus petite, à ma merci, merci de me recevoir, les autres plagistes se doutent-ils ? Cette note d'indécence est un suc supplémentaire, j'ai juste ri, tellement ton corps était sérieux et demandait toute l'attention, c'était si énorme, ce plaisir, sous les draps du lac, sous la voûte de l'univers entier, on pouvait pardonner à dieu sait quel Dieu, ce jour-là, de nous avoir faits mortels.

## *Si on a un message ou quoi ?*

Encore une fois, nous sommes au seuil du grand roman de ma vie. Je suis nu, parce que j'ai déjà imaginé toutes les autres tenues. Nu, sur le seuil du grand roman de ma vie. Je ne fais plus le malin parce que les années m'ont enseigné que je n'étais pas si malin que ça. Nu parce que je n'ai rien à cacher, une vie toute simple, bourrée de rêves et de croyances comme si j'attendais encore les rois mages, les trois avec la seringue, la cuillère et la poudre. Mon héros principal me faisait des signes à travers la vitre, mon écrivain culte que je déteste. La haine vous donne des ailes. Je voulais écrire sur cette reposante nature bucolique, ma soupe quotidienne, mais tout peut être dit en deux phrases et ce serait un nouvel échec. Échec. Échec est une porte qui s'ouvre, échec peut s'ouvrir dans l'autre sens, s'il y a quelqu'un derrière ? Non, je voulais parler des personnes vivantes, de leurs chats, leurs chiens, leurs chevaux. Des amis, des amis cachés derrière les mots, moustache ou brise-l'oreille. De ma partenaire de vie soumise à mes caprices et les miens aux siens, aussi, l'écriture joue des sens cachés.

S'il faut commencer nu et puis dans un berceau c'est dans une ville de fleuve. Avec des romans policiers entre les péniches. Un port à l'intérieur des terres. Une cathédrale rouge, un accent maternel. Beaucoup d'amour dans les ruelles de sa vieille ville.

Je voudrais dans la nuit que nous remangions ce repas, princesse, avec nos enfants, ces mille petits instants bénis, on fait des tas d'esquisses mais on gardera rien parce que les petits bonheurs sont insignifiants, évanescents, disparus, consommés et envolés. J'étais envolé de bonheur rien que de marcher dans la rue. Vous est-il déjà arrivé d'être trop heureux ? Dans tous les cas je frappais ma partenaire sur l'épaule quand j'exultais. Des frites et des Mac Donald, des beautés asiatiques et africaines, les laideurs quart-mondaines. J'hésitais, pour le roman, entre ville et campagne, entre bruit et vide et léthargie, et je disais à la campagne tout est si lent ce soir il se passe le strict minimum de battements pour ne pas disparaître. On se demande vraiment sur quoi ce roman ? si on a un message ou quoi ? ou bien ? on avait tellement de messages les bras nous en tombaient de toutes les injustices à dénoncer et maintenant perdu, têtu, perdu cours dans la nuit. Les personnages ont un air fatigué, comme s'ils avaient joué dans plusieurs westerns sans enlever la poussière. Le chef de gare, on avait vu sa petite gare fermée par la conjoncture, on l'avait vu partir sur son train électrique miniature, comme s'il existait plusieurs niveaux d'existences simultanées. Les personnages sont des symboles ou des prophètes. Le chef de gare je voyais pas, il me fallait un autre personnage pour formuler sexe instinct et nirvana, la psy, toujours aussi fraîche malgré le nombre d'années qui devait peser, on l'a connue jeune stagiaire, on arrivait pas à articuler son nom sans bander et puis plus sérieuse, elle a ouvert son propre cabinet et nous nous intéressâmes de plus en plus à nos âmes. On voulait les faire passer au-dessus du rideau de fer de la mort. On est pas arrivés. Elle me tue, elle me dit il n'y a aucune vie après la mort, si j'étais déjà mort je lui en voudrais encore plus. Je joue là, la, avant, après, avant, après, comme si j'avais des droits ou des connaissances, le plus petit début d'explication, démuni, démuni de tout du haut de son pâturage il invente, il invente chaque jour une autre possibilité de s'en sortir vivant.

Déjà d'être en vie il faut être inventif et pas se contenter de faire pouding dans la place. Vivre toutes les petites lamelles d'un esprit éveillé à la musique, au chant du merle, avec le roman il y aura une cassette de chants de merles, parce que c'est absolument indispensable sur certains passages de l'enfance, sur ces jardins, sur les rives de son enfance.

Le chant du merle dans les arbres fruitiers. Le chant du merle, la voix de Dieu dans la bouche de ma grand-mère. Il punissait ce Dieu qui guettait là-haut, je l'ai interpellé : je veux te voir en face ! il m'a fait entrevoir quelques perspectives incertaines, quelques grandeurs, quelques génies. L'intelligence éclairée, la sensualité, l'art, l'inspiration, on cherchait à la lampe de poche, quand on trouvait une vérité elle était plate comme une variété de champignons sans goût. Il y fallait plus de désespoir, plus de changements, le chef de gare se contentait d'une petite retraite anticipée et d'une visite par semaine à la psy, couverte par sa caisse maladie. Elle lui dit vous n'êtes pas assez fou, si vous poursuivez sur cette voie je ne vous suis plus vous épousez bassement la normalité ; mais c'était un vieux réflexe chez le chef de gare usé.

J'étais observé par le chat je m'endormais, ma tête partait en avant, des vagues de brumes venaient s'écraser contre les parois de mon cerveau.

## *Un mot si doux*

Criez vos malheurs pour qu'on vous aime. Tous à la suite. Une chaîne de saucisses de malheurs. Une machine à saucisses, à saucissonner le malheur. Et pour l'amour ? pour l'amour nous avons plusieurs variantes. J'en voyais qu'une. Elle était spontanée et pleine de vie. Un troupeau de chevaux. Non. Si. Sa vitalité peut très bien être comparée à un troupeau de chevaux quand elle te passe dessus, un troupeau avec de petits sabots. Tourne-toi, je te dessine, je te photographie, ils diront : c'était elle ! avec admiration, tu comprends, j'arriverai à mettre l'amour dedans, dans les détails, dans un contour nasal, une nuque fraîche, un reflet dans l'œil. L'image elle-même vivante se meut, remonte les yeux, se mélange les pinceaux dans les robinets. Mais je la tiens pour définie, je lui écris un mot si doux, il lui parviendra même pas tellement elle pense à autre chose.

## *L'écho de l'aurore*

Le pire des dialogues, c'est le dialogue intérieur. Qui t'es toi ? Qu'est-ce que tu fous ici ? T'as quel âge ? merde ! Déjà toutes ces années et t'es pas encore riche ! T'es même pas sur la voie ! T'es qu'un petit branleur insignifiant ! Oui, mais rien ne sert de s'acharner, en dialogue intérieur vaut mieux essayer de se remonter, on y va du self-piston, hein ! des succès, des petites gloires, des moments doux, des moments hard, des moments sublimes, n'est-ce pas ? nous avons connu ça ! nous avons cherché Dieu et l'avons entrevu à une ou deux reprises sans l'identifier formellement. Nous avons connu des parcelles d'intense lucidité, sans nous forcer, vite données, vite reprises, d'indescriptibles bonheurs. Oui. Et qu'attendons-nous encore ? Nous attendons que la coquille de la connaissance s'ouvre encore un peu, que l'écho de l'aurore parvienne encore longtemps à nos sens avant toutes sortes de régressions, de gâtismes, de chemins de croix, remets-toi en question sur le tapis. Inlassable-ment se demander. Et si j'étais un autre ? Je vois toutes sortes d'identités se présenter à moi. Avant la naissance nous choisissons et pourquoi j'ai pris celui-ci ? parfois je ne m'y sens pas trop bien, je le trouve un peu rigide, timide, introverti, aucune spontanéité, lent de pensées et d'actions, réveille-toi, sors d'ici et réveille-toi !

# *Ho !*

Ces branches qui bougent. Ici c'est bien. On y vient quelquefois. C'était l'hiver pourtant il n'y avait pas de neige. Même quelques touffes d'herbe vertes de décembre. L'herbe frimeuse. Cherche les traces de printemps avant l'hiver. Il est sous un gros sapin. Il regarde le tronc tout boursouflé d'embranchements, on pourrait monter facile, voir le ciel, mais c'est un comportement de gamin. Les grelots, clochettes et autres chamonix s'éloignaient avec les chèvres, le ton bas s'emballait, c'était le bouc qui faisait des cabrioles.

Sous cet arbre. Il y a des endroits ainsi, dont l'homme dispose mais il doit se garder d'y toucher, un jour cet arbre, enfin, cet endroit lui a parlé. Comme il n'avait aucune croyance surnaturelle il l'a pris de très haut : ho ! déconne pas je t'ai vu ! mais ça venait d'en haut, ces conneries, de très haut, il se dit de là-haut, tout en haut dans les branches, un perroquet ! un perroquet qui te connaît, mais c'était un perroquet trop perfectionné. Tu crois seulement ce que tu vois. Mais la voix était bien là. Il s'est retourné, il n'était pas dans un livre. Une histoire à dormir debout. Il fallait écouter mais lui : qu'est-ce que vous voulez ? C'est une faveur ou une plainte ? Il voit toujours rien. Si, il y a un rayon de soleil, comme une caméra à lunettes, qui pique dans l'œil ! Si tu me veux du bien ou du mal ? Si t'as une communication importante ? Peut-être ton cerveau retourne à l'état primitif et il parvient à enregistrer les messages des derniers gnomes disparus il y a cent cinquante ans.

La voix c'est pas grave, ça peut être les oreilles qui déconnent, mais l'état général, si t'as vraiment l'air con c'est en lévitation sous un sapin la tête écorchée par les branches, lâche-moi ! Il te lâche d'un coup, il se retrouve le cul par terre. Qui es-tu, il se sent au fond d'une caverne avec un écho cadavérique, arrête tes interférences !

Il est sur la montagne, les grelots sont si loin, elles ont pas besoin de lui, elles reviennent toutes seules.

Qu'est-ce qu'on disait ? C'était plus une voix, c'était une présence ! Ben voyons ! Verni ! Canonisé ! Il se sentait plus. Le manque de sexe ? Non il allait bien, tout était okay, le grand sachem avait plus d'un tour dans sa musette, plein de bonté et de sagesse il l'invitait sur une vibration spéciale visite cosmique. Reste un peu tranquille. Le berger, le chevrier a la bougeotte. Le soleil baisse ses culottes derrière la montagne. La nature c'est si nu, c'est forcé un jour ton esprit cherche à meubler avec des originalités. C'est la première condition pour que ça marche.

# *Des brumes d'harmonium*

Soyez plus clair ! Il arrive un beau jour de printemps où tout est en lumière, où c'est midi où c'est la fermière qui est lavandière de ses gros bras potelés, mais c'est midi, on mange, mange !

Je, contestataire, non linéaire, mange pas pour le moment, je vole l'instant où ils sont. Je pense à la chapelle qu'on pourrait peindre de tous les angles, comme une cathédrale, à toute heure, il y en aurait pour une vie, avec le stand de tir par-dessus les tombes, le cimetière est interdit de visite les jours de tir de la société des deux tireurs acharnés.

Le cimetière, ouvert comme un livre sur les noms, comme au début de la Bible, des héros locaux, ceux qui ont fait la une de vingt-huit à septante-deux et la question qui me taraude : si nous sommes que des instincts de vie, des instants de plaisirs recherchés à la file, d'un repas à l'autre, d'une satisfaction à l'autre, à l'infini jusqu'à la mort où c'est fini d'être content, pas possible que ce soit si con ! J'interroge les tombes : je leur dis putain de Dieu ! dites quelque chose ! Mais l'endroit est le plus mal choisi, le plus silencieux nonobstant les oiseaux, servez-vous abondamment, il y en a tant qu'on veut, oiseaux à volonté ! Des brumes d'harmonium !

Ce village n'est pas aussi mort qu'on croit en passant en voiture.

Sous les toits on ne crie pas sous les toits, saoule-toi, en discrétion, en alcool fort, j'irai jusqu'à l'auberge, l'auberge est à l'autre bout, il y a toute la traversée. Il n'y a pas de gare, j'avais inventé une cheffe de gare, une top modèle en uniforme de cheffe de gare, inutilisable ici. Pas de gare. Qu'une fontaine du village et un arrêt de car, monsieur le chauffeur de car est un personnage supplémentaire, mais il peut changer d'une course à l'autre, moins définitif que la fée du logis, celle qui vous reçoit pour rien, rien que pour le plaisir, elle me sourit et je vous dis merci ; pourquoi sont-elles si gentilles ? parce que je les aime. Les jeunes n'ont plus toutes ces rondeurs, plus toutes, la campagne aimait les rondeurs, il n'y a plus de campagne, tout le monde s'approvisionne en ville.

J'arriverai à l'auberge le lendemain à midi, avant le lendemain à midi, j'avais le temps de courir encore un peu les femmes mariées, les hommes absents, lâches hommes occupés ailleurs, ils partent le matin pour bosser et tu te retrouves seul au milieu des femmes seules et de leurs enfants jusqu'au bus suivant qui ramasse les gosses, restent des poussettes, la vieille en chaise roulante et des mamans. L'arrière-grand-mère, que le passé est long et long le présent. Madame, peut-on encore lui parler, oui, ses yeux s'embrouillent parfois, elle aime la beauté des chevaux, elle aime ce corps qu'elle avait, jeunesse galopante, enivrante, aujourd'hui tout est machine, médecine, acier chromé, elle est très pensive à la question croyez-vous à une vie après le glissement ou l'interruption définitive, les salades pastorales, un paradis, une paix, brûler ma chaise roulante en enfer, déboulant en enfer, après quatre-vingt-dix virages à cent à l'heure, sa fille, sa mère s'estompent sur les affiches.

Sur la place du village, la fontaine. Plateau libre, la place du village, le prochain bus part dans quatre heures, personne attend, un tas de fumier monte la garde, fumier de cheval, *fumet los cavalcados*, un petit bonheur. Les bâtiments de l'ancien temps se sont agrandis, les gens sont différents, les vaches aussi, elles étaient plus petites, plus maigres, avec des grandes cornes, les hommes des grandes moustaches, les femmes des robes jusque par terre, les enfants des têtes d'adultes, raconte un peu ton enfance, derrière le tas de fumier une ancienne ferme, sous chaque toit on se crapahute depuis la nuit des temps, surtout la nuit, reviens la nuit, d'ici on voit rien, que des familles, des vieux dans leur jardin, si les chevaux vont bien ? Alors ils butent, à chaque mot nous butons, contre leur âge, oui mais vous êtes encore jeune ! T'as beau leur dire, passé septante ans, ils ne le croient bientôt plus.

Tout a l'air simple, je suis visiteur, mais tous ils me regardent un peu de travers, moi aussi, peut-être, c'est mon air de travers qui les fait chavirer vers ces regards de travers à la sauvette, ou ces clins d'œil entre eux, tu tournes le dos, les commentaires s'inscrivent sur ton dos, oui mais chacun sait, sommes toujours l'idiot de quelqu'un.

# *Le conte au mourant*

Là on est sérieux, on se raconte la der des der, la toute dernière qu'on peut se conter, fleurette est fanée.

On s'en est racontés des cents et des mille, on en avait les boyaux complètement tordus en se tapant des crises de rires aux larmes, avec des reprises, des envolées lyriques, des fêtes, du vin, tout ce qui était bien. Et maintenant, il reste plus qu'un tout petit espace avant la fin, juste ce qu'on arrivera à passer sous la porte du garage avant qu'elle se ferme ! qu'elle te coince définitivement.

J'aimerais te dire n'aie pas peur, c'est que du beurre, mais tu vois je tremble, je serre les fesses, j'ai une brique de verre de douleur qui me remonte la gorge, j'arrive plus à raconter ! Moi j'ai toujours été contre, j'ai jamais dit faut l'accepter, c'est une fatalité, faut faire avec, d'emblée j'ai été contre la mort, contre le temps, j'ai lutté, me suis battu et je veux toujours pas lâcher, il y aura une suite, ce n'est pas possible autrement.

Le mort est déjà assis dans son sas, on entend les réacteurs fuseler. On répète à tue-tête : il y aura une suite ! un prochain numéro ! on se rappelle !

## *C'est fou ce qu'ils sont flous*

Bien sûr le plus facile c'est de dire qu'une fois le cerveau arrêté, tout est fini, débranché, comme la télé, t'as plus rien sur l'écran, t'es raide ! si t'as pas la foi, t'es raide, si t'as pas compris le truc de la foi t'es plus rien. Oui mais je marche pas ! Les dieux sont trop flous ! Il n'y a que complètement cuit que j'arrive à y croire, après le cinquième verre de rouge la foi s'éveille en moi, arrêter de boire c'est arrêter d'y croire.

La réalité opprime la pensée, chaque fois que cette dernière parvient à s'éloigner, découvrir un univers inédit, le réveil-matin de la réalité se met à vibrer comme un malade, te scier avec le quotidien, tout est à recommencer chaque jour, comme si on n'avançait pas d'un millipoil, retourne à ton programme de survie, la société des loups anthropophages, dès que tu manifestes un signe de faiblesse, ils te bouffent, je voyais bien, ils m'avaient à l'œil. Comment se débarrasser des loups pour l'homme ? Je les entends hurler ces cons, ils me harcèlent, ils veulent me bouffer l'esprit, c'est tout ce qui reste de mangeable de mes beaux restes, on veut ton esprit de merde avec le ver qui est dedans ! Je les entends crier derrière ma porte. Ils veulent m'enfermer, m'ouvrir la boîte crânienne, grailler, trépaner, me sortir l'âme, la presser et en distiller des essences de jouvence. La gentillesse du personnel soignant est toute fausseté, dès que le patient grippe, s'agrippe à une bouée de sauvetage, une infirmière arrive en courant pour la dégonfler à coup d'aiguilles ! Pourquoi êtes-vous si méchante aujourd'hui ? Pourquoi je vais pas où je veux quand je veux ? J'aimerais me transformer en musique avec un petit œil au milieu pour voir ce que font les gens, déguisé en accord de guitare ou en souffle de trombone tout au fond. Non, maintenant je reste encore un moment dans ma boîte, celui avec le tablier vert, là, enlève-toi de ma bronzette, j'avais plus de rivage, j'étais bien, j'avais pas besoin de vous, j'étais directement en conversation avec notre superviseur à tous, grand chef, qu'est-ce que Je peux faire pour vous ? II me demandait ce qu'il pouvait faire pour moi ! Pour moi ? On voyait personne d'autre autour, on était suspendu, télécabine, télétrucmachin, on se voyait que de travers, fallait tordre la bouche commecha pour y arriver. Une connerie de conte de fée, ton truc, si j'ai un vœu ? si je veux ? J'en ai plein ! je lui dis, la mort dans l'âme. J'arrive pas, j'arrive plus, quand je rencontre Dieu c'est la gonflée totale, j'arrive plus à lui dire pourquoi j'étais venu.

# *Recyclage*

Pour qu'on s'oublie pas après qu'on soit morts, j'ai fait venir deux cent cinquante mille esclaves pour construire une pyramide avec des chars à bœufs, des attelages de quinze chevaux. Avec un tracteur et une charrue à trente socs j'ai écrit ton nom dans le béton. Mais plus futile qu'une plume je voulais pour preuve d'éternité toute notre jouissance, ça marche pas, j'arrive pas à imprimer les couleurs. Je dis pour le futur, on y arrive pas au nombril, on a beaucoup trop peur, malgré tout l'élan des starting-blocks du présent. Je t'aime. Maintenant on peut le formuler avec la forme parfaite de l'oreille. Il pénètre sans risque d'infection, même si c'est qu'une toute petite veine. Mon problème spécifique j'aimerais arrêter le temps sur maintenant, sur ta peau, sur tes narines, sur le petit côté de voile que tu as levé pour me laisser entrer; sur ces mouvements de ta montre où c'est moi qui agite les bras en forme d'aiguilles, où c'est moi le tic-tac parce que tu as froid aux pieds. J'aimerais arrêter, point, quand on est serrés, quand on forme une œuvre entremêlée, à deux dos ou à n'importe quoi à deux confondus. On sait bien que ça tourne et même en freinant cinquante gerbes d'étincelles on se fera quand même aplatir par le rouleau géant, si on pouvait le saboter, en rire, lui jeter des tringles dans les rayons. Qu'est-ce que je pourrais faire ? Un fortin, comme quand j'étais gamin, de la résistance, je m'élève contre la mort. Ici ! aux pieds ! minus ! Elle m'écrasera comme un camion écrase une petite grenouille qui vient de perdre sa queue de têtard. La grenouille qui agitait une pancarte : à bas le trafic routier ! Si peu. Si plat. On aimerait se syndiquer contre la mort, contre la montre. On aimerait compter autrement, trouver le moyen, plonger dans le détail, l'éphémère, le moins sévère, fringale de plaisirs, de sensations, de goûts, appétits, faims, désirs, fantasmes, les milliards d'êtres grouillants. Le retour au rien qui se construit pas à pas, la déconstruction des rêves, les décors en carton retirés, les livres recyclés.

## *Comme les libellules*

Un pied-à-terre sur terre.

Je suis un ange. On t'avait reconnu, didon-toi, avec ton parachute intégré. Je suis un ange. Je me cache dans les pendages chargés de linge blanc. Je joue la lune aux cartes avec des clients de bordel. Je leur dis : c'est trop tard, quand la nuit les brûle.

J'arrive en vol plané : non ! moi c'est les chemins de fer ! moi c'est les échelles du feu sans me roussir les plumes, je la regarde, je me demande si c'est possible, j'ai encore pas de signification, je vois où je veux, je suis plus malin, je vais et je viens. Et son sourire rempli de dents blanches, comme vous avez de belles dents, mère blanche, comme vous êtes bien fichue, sauf un peu maigre, un peu trop à l'abri de la graisse, il y a que des pointes à la place des rondeurs, sur les épaules on aimerait des rondeurs et pas ces creux comme des souffrances. Je cueille ce mot « souffrance » mais je sais pas ce que c'est, avec douleur il revient tout le temps, souffrance-douleur-j'ai mal. Comme si ça pouvait aider. Où t'as mal ? partout ! que voulez-vous faire comme diagnostic ? partout, et si je vous mets le doigt là ? sans blague, blague à part, ici, suivez mon doigt il remonte n'importe quelle imagination. Je suis un ange. C'est tellement plat même à carnaval on te dit c'est pas Noël, fais l'âne, le bœuf, mais pas un ange ! un ange à barbe ! hé ! personne y croit ! Deux mots sur la félicité d'être un personnage flou et profiter des corniches si haut perchées qu'on nous dit célestes alors que nous sommes attiffés comme vous de lois de gravité au fil à plomb. Je vole sans aucun doute mais surtout à la descente, pour monter je prends le téléski en hiver et l'été sur le dos des mozons. Je sers à quoi ? Comme les libellules c'est que de la décoration.

# *Éternité*

Il n'y a pas de héros, il n'y a pas d'éternités, il n'y a que des âmes perdues dans un labyrinthe, les morts sont là, ils attendent qu'on les prenne par la main pour leur redonner vie.

Les morts attendent que nous pensions à eux, c'est leur seule vie possible. Les fraîchement décédés ne se plaignent pas trop, en général ils sont bien entourés, excepté ceux qu'on avait déjà oubliés de leur vivant, quoique la mort puisse amener quelques rebondissements et certains morts vivants se révèlent et s'épanouissent de façon posthume.

## *L'ange de dieu*

… Je les entends déconner, je les entends parler de moi, je comprends tout, je peux même les voir quand ils passent devant l'écran, je peux rien faire, plus m'exprimer, plus me manifester. Il reconnaît plus personne, mon cul, je reconnais tout le monde, la voix, l'odeur, les tronches, j'entends tout le temps ce truc. Il reconnaît plus personne, un légume, Dieu te punit d'avoir été un tyran, tu finis légume, vraiment légume, la totale, c'est une persécution constante. Il entend rien, il voit rien, avec certaines personnes il se crispe, pourtant oui, avec la présence, en présence de certaines personnes il se crispe et ne retient plus ses selles ; mettez-le sous perfusion. Tout le temps je voudrais mourir et j'arrive pas, t'es condamné à vivre cette horreur de l'intérieur. Au début j'avais des souvenirs et puis les souvenirs se cassent je sais pas où, ils sont usés, ils sont désagréables, plus personne ne vient me voir, je fais trop peur à voir, mes yeux écarquillés, ma rigidité, ma bouche édentée grande ouverte, des coulées de bave aux commissures ; j'étais beau, grand, élégant, je pisse aux culottes de voir la farce que m'a fait le bon Dieu et quand je serai mort je lui enfoncerai moi aussi le doigt dans le cul. Si seulement une infirmière, une, pouvait être l'ange de Dieu et m'envoyer la dose mortelle d'une saloperie. L'ange de Dieu, langes du diable, finir assis dans ta propre merde, c'est une lâcheté de se laisser aller jusque là, mais j'ai pas senti venir l'irrémédiable, diable, le moment où j'aurais encore pu me pendre, j'ai voulu prendre le pistolet quand il tenait plus dans ma main, me jeter par la fenêtre quand j'étais au premier. La vie me guettait de toutes parts, plus moyen de la supprimer la salope, de me tordre le cou. Il y a longtemps que je rêve plus d'une belle faucheuse, la dame en noir, la mine accueillante, la mort à l'encre noire du plaisir, non, non-non je me contenterais d'un rouleau compresseur ou un concasseur, n'importe, il n'y a plus la petite parcelle d'espoir, c'est le merdier total, comment sortir de là ? L'âme devrait crever le plafond, tu devrais absolument laisser cette écorce, te détacher, vite dit, j'aurais dû étudier la question de mon vivant, enfin de mon vivant vivable. L'âme, cette voyageuse, n'est-ce pas, doit te mener, avec un peu d'exercice vers des paradis perdus et retrouvés, oui mais ça pue la merde, vous pouvez pas enlever cette odeur de merde et ces irritations, je rêve de talc, paradis perdus du talc, on me roule dans la farine, la fin ressemble au début en beaucoup plus grossier, la fin, la fermeture du parapluie, enfin le jour de ma mort, salué entre tous j'avais pensé à une épitaphe : il aura su se faire aimer, j'aimerais bien, mais ça n'a pas marché. Maintenant éteins la lumière ! Elle est déjà éteinte ? Tiens ! C'est quoi cette lumière ? Encore une chimère ? Un petit-fils qui m'éclaire la bouche à la lampe de poche.

# TABLE

# La Chambre d'échos)))

*Autres titres parus*

- Hugues Alice, *Notre veau de la rue Lepic*
- Francis Bérezné, *La mémoire saisie d'un tu*
- Francis Bérezné, *Le dit du brut*
- Jacques Besse, *La Grande Pâque*
- Laurent Ferrier, *Le jet de l'éponge*
- Jean-Pierre Gandebeuf, *Les rêves de bleu doivent être rangés dans un classeur à part*
- Françoise Gérard, *Le dernier mot d'elle*
- Georges Knaebel, *Brouhaha, analyse d'une surdité*
- Jean-Pierre Renault, *Une enfance abandonnée, Jean Genet à Alligny-en-Morvan, récit*
- Jean-Pierre Rochat, *Hécatombe, nouvelles bucoliques*
- Jean-Louis Ughetto, *Ils font tomber les arbres du mauvais côté*
- Jean-Louis Ughetto, *Le chien U.*

Cet ouvrage a été réalisé en décembre 2000
à la Chambre d'échos,
23, impasse Mousset – 75012 Paris
Tél. 01 43 07 57 41

Composition et mise en pages aux éditions Recherches
Tél. 01 44 74 04 01

Conception graphique : Sébastien Morlighem

Impression : Imprimerie Darantiere à Dijon-Quetigny
Dépôt légal : 1er trimestre 2001 – N° d'impression : 21-0050